D1327172

Me gustan los retos, todos los retos.

A. Ll. S.

www.annallenas.com

Av. Diagonal, 662-664 – 08034 Barcelona
www.planetadelibrosinfantilyjuvenil.com
www.planetadelibros.com

Primera edición: febrero de 2015
Décima impresión: marzo de 2017
ISBN: 978-84-670-4370-9
Depósito legal: B. 107-2015
Impreso en España - Printed in Spain

te quiero (casi siempre)

ANNA LLENAS

ESPASA

Lolo y Rita

son muy

diferentes.

Lolo es un

bicho bola

y Rita, una

luciérnaga.

Lolo lleva un traje **fuerte** y resistente.

Rita, en cambio, es

ligera y delicada.

y haremos funcionar la fábrica! ¡Y ellos
en las máquinas!

Dicen de él que es el

rey del camuflaje

y de ella, que **brilla**
como nadie.

Lolo es muy **práctico,**

tiene siempre los

pies en el suelo.

Rita es **imaginativa,**

y **vuela** rápido por el aire.

Él lo tiene siempre **todo** **controlado.**

Y a ella le gusta más **improvisar.**

Lolo la ve
sincera
y divertida.

A ella le parece
independiente
y misterioso.

Lolo y Rita
sienten que son muy diferentes,
por eso se gustan.

Pero de repente un día...

Rita nota que el
traje de Lolo
es demasiado duro.

TOC, TOC...

Y Lolo, que Rita
brilla demasiado.

Él cree que ella

vuela demasiado rápido

y ella, que él

siempre tiene que

controlarlo todo.

Ahora...

Lolo piensa que
tal vez sea **demasiado**
sincera,

y Rita, que él es
demasiado
independiente.

Él se pregunta si Rita
no **se pasa**
de espontánea,

y ella está harta
de tanto **misterio.**

Lolo y Rita

sienten que son muy diferentes,

por eso se molestan.

Así que de pronto un día...

Lolo intenta **ablandar** un poco su **armadura...**

Y Rita

procura no ser siempre

la más **luminosa.**

Él confía y **se deja llevar**

(una vez de cada veinte)

la forma
cua de dos tonel
estrecha vigilancia
Todo ello hasta
Viaducto.

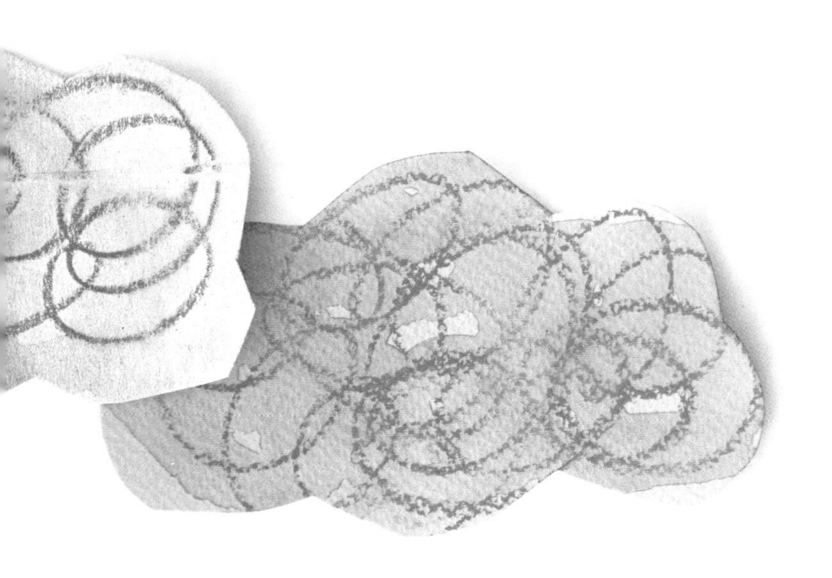

y ella **reduce**
un poco el
ritmo de vuelo.

Rita aprende a **respetar**
sus momentos **independientes**

y de **misterio.**

Y a Lolo le vuelve a hacer **gracia**
su **capacidad**
de improvisar.

Ahora,

Lolo y Rita sienten que

a pesar de ser **tan diferentes...**

¡Se quieren
mucho!

existen otros
aunque ellas mism
en hacer algo más que
confirma mi creencia
misiva me habla de su
se por unos días con su
r las fuerzas necesarias
prender, á una pequeña
las cercanías de Madrid;
drá que desprenderse, aun
usted los recuerdos más
que contiene algo
la tierra—y es
y destrez
existen otros
aunque ellas mism
en hacer algo más que
a confirma mi creencia
misiva me habla de su
se por unos días con su d
las fuerzas necesarias
der, á una peq